有施好日子 ☺

2021.

日子如光，
　　愛你如常　　旋好

Love goes on

皇冠叢書第4928種｜有時 15

日子如光，愛你如常

作者—旋好　內文插畫—維拉　發行人—平雲　出版發行—皇冠文化出版有限公司　台北市敦化北路 120 巷 50 號　電話—02-27168888　　郵撥帳號—15261516 號　　皇冠出版社（香港）有限公司　香港銅鑼灣道 180 號百樂商業中心 19 字樓 1903 室　　電話—2529-1778　　傳真—2527-0904　　總編輯—許婷婷　　責任編輯—陳怡蓁　美術設計—嚴昱琳　　封面·內頁圖—shutterstock　　著作完成日期—2020 年 11 月　　初版一刷日期—2021 年 4 月　　法律顧問—王惠光律師

讀者服務傳真專線— 02-27150507　　電腦編號— 569015
ISBN 978-957-33-3698-3
Printed in Taiwan
本書定價—新台幣 380 元 / 港幣 127 元

皇冠讀樂網　www.crown.com.tw
皇冠 Facebook　www.facebook.com/crownbook
皇冠 Instagram　www.instagram.com/crownbook1954/
小王子的編輯夢　crownbook.pixnet.net/blog

作者 　旎好　| NiHowfont |

那個字唸你，你好，旎好。
典型巨蟹座，目前八歲，持續發芽中。

喜歡唐老鴨和貓（視黛西為情敵）。
有著好客家精神的環保仔。

不專職寫字，但專心過日子。
不固定的字，寫每個值得的故事。

Facebook｜NiHowfont／旎好
Instagram｜nihowfont_

插畫家 　維拉

處女座A型，普通的上班族，偶爾為朋友畫圖。
目前沒有作品，但如果一直快樂地畫下去，總有一天會有的。

日子如光，愛你如常。
日子就像光一樣，
有七彩絢爛也有陰鬱黯淡之時，
看似如常卻也無常。

無常總在日子裡，
而愛你這件事，
我卻如常，不曾改變。

目錄

只是在恰好的青春裡相遇

願你的愛能一直心之所向

再喜歡一個人

只是在恰好的
青春裡相遇

筆：LAMY 天笑

流行歌曲

我把愛過的記憶存在歌裡，
一首一首，歌詞總會恰當好處，
把曾經收進心裡。

時間往前走，我們也各自往前，
錯過彼此，卻避不開流行歌。

後來在愛去的咖啡店，聽到耳熟的前奏，
想起了誰，當那首流行化為經典，
會讓你想念，但痛不會再徘徊。

人說情歌總是老的好

走遍天涯海角忘不了

＊呂方．老情歌

想問你　還好嗎

寒流來的早晨，擁擠的捷運車廂，
耳機突然播出你的愛歌，
我來不及切換。
以前會在吉他刷入前湊那刻，
眼淚就掉得一塌糊塗，這次，
我平靜地聽完。

分開後，時間沖散了我們，
督促著我們往前。
台北很小也很大，我努力在這座城市過日子，
過著每個與你無關的日子。

014

知道你逛的是世界，
你往前走的步伐從不會被任何事物給困住。

嘿，想問你還好嗎？
歌詞裡你嚮往的流浪，
在沒有我的世界裡，實現了嗎？

人生就是一場流浪
東南西北地久天長

之 Hush!，浪西米丑

習慣喜歡

常常把習慣聽成喜歡，
後來發現其實不衝突。

你是太吡輕易
蓄養了一個有你的習慣在我的喜歡裡。

當我已經習慣喜歡你，你卻不斷提醒我：
有天我們所擁有的都會失去。
我們只是在這恰好的青春裡相遇，
有了習慣、有了喜歡，也有了彼此，
恰好而已。

我不是不能沒有你
只是 喜歡 有你

*好樂團, 我把我的青春給你

撐傘的人

第一次帶傘去接你，在學校的禮堂前，
你越過長廊下躲雨的人群，
走進我的傘裡。

你說有我真好，我們笑著共撐一把傘，
踩著地上的水花回宿舍。
我變得不那麼討厭兩天，
甚至開始喜歡有你在的傘下。

以為你不帶傘的原因，
也是為與我共撐，後來才知道，
你只是不需要。

下雨的時候，總會有傘等你躲進；
傷心的時候，也會有懷抱等你。
但不一定都是我的。

雨啊，
突然就下進我的的傘裡，
下進眼睛裡。

如果雨勢越來越危險
我們從此就走散了
你會不會有點捨不得
還是你覺得自由了

＊楊永聰，沒有傘的人

喜歡討厭你

我喜歡你，
拿捏好擁抱和親吻的時間點；
我討厭你，
心知肚明卻隱瞞把我矇蔽著。
我喜歡你，
找我牽手的動作看起來多自然；
我討厭你，
不停地稱讚別人卻嚴格挑剔我。
我喜歡你，叫我的本名，
雖然大多時候你還笑得很壞；
我討厭你，說太刺的話都說是事實，
受傷是自己的事。

我喜歡你，找我討論你的大小事，
讓我參與有你的一切；
我討厭你，預說未來有我，
卻也提醒我所有失去的可能。
我討厭我，什麼都想給你，
最後連你不想要的都給你了；
我討厭我，曾經那麼喜歡你。

　　　　　我想來想去結論
　　　　　就是喜歡討厭你

※河仁傑 feat. 江松霖，喜歡討厭你

無人島

我是一座島，而你是海。

被你溫暖的洋流經過，
在岸邊濺起水花，我以為是愛；
期待每次漲潮與退潮，
連被侵蝕的凹痕，也覺得深刻。

只是我忘了，
被海擁抱的島嶼，
從來就不只一座。

不准別人發現 不准世界諒解
當你若無其事登上我跟著我的無人島

※親如蒠 沒有星期五的無人島

夢

人說在夢裡可以實現一些，
現實裡完成不了的事情。

好比說長了支翅膀，
好比說擁有時光機，
好比說在雲端與獨角獸漫舞。
我相信的。

因為我夢到你說愛我。

你漸睡醒

恍然 我褪色遠去

＊ 原子邦妮，我是你的夢境

決定

你在感情裡最狡猾的，
就是把所有選擇權交給我，要我決定。

從早餐吃什麼，約會去哪裡，
到要不要再繼續愛你，你都說沒差，
給我決定就好。

彷彿我的選擇與你無關，
你也能毫不痛癢地面對，
好像我們這兩個字，對你來說，
可有可無；若我愛得痛苦，
你會事不關己地說：

「那是妳自己決定的，我不用負責吧。」

不熱不冷不變的溫度
你把愛變成恆溫
對我是另類殘忍

＊孫盛希．恆溫

雨裡

下定決心要離開你的那天，
窗外下著毛毛雨，
是會猶豫要不要撐傘的雨勢。

但對我來說，那變成了最大的雨。
雨下進眼眶，讓潮濕的房間也積成水漥。

與其最後被告知分離，不勇敢的我，
先開口了。

雨漸漸下大，
躲進雨裡就可以聽不清你的回答
看不見你的臉，我弄丟我的傘，
反正也不再需要了．

那這些年的專心無猜
　　　　你只當我是朋友嗎

　　　　　　＃深靜知．一夜長大

吻

那天要是沒吻下去就好了。

現在我還是會這麼想，
當時若沒有拉回你避開的臉來吻，
我們也不會再次試著相愛、
再次傷害對方了。

你的愛最後給了自由和夢想，
抱歉，我也沒有對你不離不棄。

以後，你還是要幸福。

不確定就別親吻
感情很容易毀了一個人
一個人若不夠狠
愛淡了不離 不棄多殘忍

＊用親甄．還是要幸福

最壞的壞人

原來最愛，也可以是最壞。
你巧妙地把最壞的事交給我，
像是決定，像是離開。

因為你不想當壞人。

所以你讓還愛的我，成為壞人。

你就可以說是我的錯者，
成為惹人憐的受害者，
說是我不要你的，
是我自己要離開你的。

最難耐的傷害
是不放
又不愛

＊李佳薇，像天堂的懸崖

繼續當朋友

抱歉無法再繼續當你的朋友，不是不願意。

我盡可能阻斷所有聯繫的方式，
而那些沒能阻斷的，
也謝謝你沒有試圖聯絡。

或許有一天，我們能找到繼續相處的方式，
或許不能，我們終成為彼此生命裡的相片。

那都好了，在人生短暫的時光裡，
當有那麼一段時間，
我們眼裡只有彼此。

我曾經眼裡只有你

此張懸，藍天白雲

日常生活

以為把你的東西扔掉、換個上班路線，
回憶就能格式化，
我也能若無其事地重新開始，
就會沒事了。

「大薯去鹽，玉米濃湯請給我兩顆好球，
我有環保杯不用吸管，謝謝。」

我忘了你留下的每1個習慣，
像是對天氣敏感、使用環保餐具的晚餐……
那些曾經是你也是我們的習慣。

它們還頑強地賴在我身上，
陪我過著日常生活。
聚過的人不曾消失，
會成為一部分的自己。

出門沿途盡量經過你的生活範圍
當然也刻意感過
容易觸景傷情的路線

Finn，郎些

走完

有你的校園很大，我們走得很慢，
從螢火蟲到星空閃爍都是話題；
有你的世界很大，大到讓我一直沒發現，
別的世界也對你同樣吸引。

還沒一起走過的公園，河堤的夕陽，
跨年的煙火；我們沒走完的巷子，
撒嬌的貓咪，你留下的美麗，
我已自己看盡。

直到我也願意離開，已經沒有你的世界；
才發現我們曾經構築的世界小成這樣，
天真以為愛住在裡面，
就能成為宇宙。

邊走邊唱 天真浪漫勇敢
以為能走到遠方

＊林宥嘉，心酸

其實我很羨慕你

其實我很羨慕你，都不害怕失去。

你曾說：不是經過的人都不會留下，
也不是每個留下的人都不會離開。

就算沒有了我們，我的窗外還是下雨，
而你的陽光仍然燦火爛。
世界不會為誰停止轉動，
日子如常，生活依舊。

只是你知道嗎？
經過你，我的心就留在你那，而你離開，
我的心還是在你那，
沒有回到我身上。

我多麼羨慕你
總可以 轉飛 遠遠的

＊江美琪，我多麼羨慕你

明信片

分開後再也沒有從誰口中，聽見你的消息，
你像是飛不累的鳥，隨著季節繞著世界飛。
好像未曾回來。

這樣的你會有鄉愁嗎？
看著漸亮的陌生城市，
會不會想寫張明信片，
蓋上當地的郵戳，
當成一個旅行的紀念，送給誰，
分享這樣的美景。

這樣的你會想起我嗎?

我就像是失去了地址的信件
投遞了多少思念　卻蒐集郵戳退件

＊柯貞薰,旅鼠

我愛過你

讓傷口癒合的方法很多，除了逃，
我選擇面對。

承認愛過那個讓自己忘記自己甚至丟了自己的人，
是愛，
但也過了。

如果不回頭、
至少別勉強
承認沒有實現的承諾
並不算出醜

＊韋禮安，別說沒愛過

你依舊笑得那麼好看

好久以後，我終於也爬出回憶泥淖。
可以不哭，可以把日子過得好。

在封鎖名單看見你的名字，
看見熟悉的帳號和陌生的大頭貼，
你依舊笑得那麼好看。
如當初令我心動的那種淺淺的笑。

我沒有也不想點進去，只是想著，
你有沒有好好過日子，是不是已經成功把我忘掉。

你依舊笑得那麼好看，
看來你一切都好。

那就好。

我們有沒有比從前快樂
各自過著理想的人生

＊徐佳瑩，理想人生

更女子

我也過了以為自己的愛能偉大到去改變對方的年紀。

知道相愛的目的不是為了改變對方，
而是願意為彼此，蛻變成更好的自己。

改變終究是自己的選擇，強求來的，
都不快樂。

知道了善待自己，
不再輕易質疑自己愛人的能力，
願意再相信，再為下一段心動努力。

練習 laugh a little more, love myself a little more
要學習會更加善待我自己
倘你我變成了 Better me.

＊薛凱琪，Better me.

終於不再夢見你了

終於不再夢見你了。
結痂的傷口也生出漂亮的皮膚，
漂亮得像不曾受過傷。

傷是你給的，但終究是我自己的痊癒。

不再夢見你了很好。
在夢境之外的你，也要過得很好。

我們都要把自己照顧好
好到遺憾無法打擾

※五月天，好好（想把你寫成一首歌）

再見

分開後有陣子，不斷地排練，
各種遇見的可能。
不知道你退的世界有多大，
或小得在下個轉角就遇見。

那會是怎樣？
是祝福的街角，像陌生人的擦身而過；
傍晚的小市集，身旁依著與你相親的她；
微笑朝我走來，諒諒我的成全。

只是沒有排練這樣和平的相遇，
太熟悉的招呼，一模一樣的微笑，
沒有心痛也不再心痛。

明白了你終究是我無法前往的遠方。

當初的笑與淚，都封在相愛過的歌裡，
落進回憶歌單，悠悠哼唱。

我沒想過再遇見的時刻
　　　　　所有回憶　青絲或雪

　　＊蘇打綠．再遇見

願你的愛能一直
心之所向

筆：三文堂鑽石 #580 F尖

※ 第一個十年

我覺得我們這樣很好啊
不需要把情感定義
也能一直都在彼此身邊

我也覺得我們很好啊只是
你知道不是每個關係
都能像我們一樣

他們不知道，
我們能走到這裡
也花了
十年。

人說青春是拿時間當賭注，而我的青春有你。

我們之間不用任何假設，不用承諾當籌碼，
不用害怕失去，不需要定義關係也不需要緊握，
你我就可以是彼此心安的存在。

如果人生終究是一場賭注，
你就是我用青春賭回的幸運。

#燈塔

妳為什麼秒讀我的訊息

沒什麼，剛好看到。

......

妳最近是不是越來越晚睡？
怎麼了。

無預警失眠。
在不合時宜的深夜，被你撈起了對話，
把我和悲傷都帶上岸。

你不急著要我說什麼，甚至可以沉默；

靜靜聽你說著日常，從工作到天氣不著邊際，
我有沒有聽進去都沒關係。

你知道我難過，你讓我知道你在。

不過問不安慰，不勉強不責備；
像座燈塔，只是閃耀，就足以心安。

＊低潮

我最近其實過得很糟

我知道
我不是在這嗎

各自在異地生活，
我們不每天問候也不共享快樂。

我們不諳水性，游不過自己的低潮，
卻願意為了對方成為浮木，
不怕水深不怕浪兒，
漬在對方的悲傷海，只為了如果你想求救時，
有得抓。

也許無法成為救生員，救不了拉不起，
至少也能一起等潮退，一時半刻，
不會被傷心滅頂。

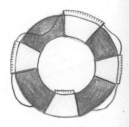

※ 是不是還不夠好

> 我在害怕

> 怕什麼

> 是不是有一天
> 你也會把我丟掉

> 妳擔心不會發生
> 的事幹嘛

害怕來得莫名，加乘了瓦解的多愁善感。
怕自己給不夠多，怕自己被丟掉。
沒付出，就看不見自己的價值，

沒法自我肯定轉身就掉進害怕的泥淖，
髒掉的自己怎麼會被需要，我是不是還不夠好？

你沒有戳破這些不合邏輯，
你只說沒有人能評論別人夠不夠。

夠不夠好、夠不夠的努力，
只有自己說的才算數。

＃會接住的

如果有天我說我累了，
我想走了，妳會放手嗎？

會接住你。

我們早就知道，文字其實無法承載情緒；
太難過的時候，任何文字都不能準確表達。

我在對話框片段且凌亂的字，
湊不出一句等待被拯救的線索。

但你卻永遠能在紊亂的文字裡，
發現我所有的不安與脆弱。

為什麼不放手，
為什麼要放手？

覺得受傷就回來，別躲、別怕，
我會接住的。

#同一個靈魂

會不會其實我就是另一個你，
才會在你身上找到了千百個自己。

我們是相同的靈魂
被分裝到不同的身體
各自迥異又相似地活著

所以就算總是一個人，也不真的孤單。

一直覺得，堅強就是長大該有的模樣，
能替自己和珍視的人擋風遮雨。

直到彼此的風雨同時來襲，
自己都站不穩了，卻還掛心你，
想趕去你心裏送傘，心門一開卻發現，
你也一樣，早拿著傘出現在我心門前。

在對方的世界下雨時，
我們都想替對方撐傘，
我們都一樣，愛對方如愛自己。

一模一樣。

井負數

我總是把失去看得好重
重到不想再去擁有什麼了
我害怕擁有後失去
那種窒息的感覺

但選擇不再擁有
就不會再失去了嗎

沒有人不渴望擁有，沒有人不害怕失去。

害怕受傷，選擇不去擁有的我們，
還是會一直一直失去的吧。

而這樣的失去，更痛。

因為沒有擁有的失去，
是直接從歸零的己再掏去，變成負數。

#祝你生日快樂

如果
我現在在哭,
會不會很對不起妳

為什麼, 怎麼了

因為今天是我生日
妳希望我快樂
但我卻做不到

過了午夜，你的日子。

等不及你下班，先傳了語音訊息，
祝你生日快樂。

電話響了，你先說了謝謝，又說了對不起，
接著所有言語都被眼淚淹沒。你在哭。

你說你也好希望自己能好好的，
也希望快樂，可是怎麼辦，對不起，
你卻不能常常做到。

怎麼會這樣，我真也不知道怎麼辦，
第一次覺得快樂不是祝福，
是顆好重好重的石頭。

※ 不快樂

我不快樂，
可是我不知道怎麼說

想說就說，我會試著聽懂。

我不知道說了會不會失去妳

為什麼？

因為我已經失去他了。

我多想撿起你的心碎，擁抱你的傷心，
可是此時此刻電話裡的我觸碰並不到你；
無能為力感頓時凸顯了南北距離，
真的好遠好遠。

我好想在你身邊抱抱你啊，
好想擦去你的眼淚；
你已經受夠日子給的傷害，
我捨不得你再難過。

#秘密

我喜歡的人
他不喜歡男生

可是我也不喜歡女生。

＃心門

如果你願意把心打開
我會幫擦走你的傷心

我已經打開了呀。
這些事情
我沒對任何一個人說過

多久了

好久了

面對世界的惡意善意，我們別無選擇，
面對彼此只需要放心，把心安放在我這裡。

也許推開世界的門換來的是傷，
但推開你上鎖的心門，
我會給你擁抱，我是願意的。
你不要害怕。

※ 最後一個

其實你也愛過女生啊！
你愛媽媽、也愛阿嬤

還愛妳。

雨在你把傷說出口後慢慢停了，
亮起了彩虹色的天光。

雖然傷口還在，還沒痊癒，
但能不再躲藏、不用再害怕。

你知道陪伴仍在，愛只會更深不會消失；
我會愛你，就算你說這輩子也許，
不會再愛女生了。
我會是你愛過的最後一個女人。

※故事末了

我知道 剛剛青峰一開口
妳就哭了

你不也一樣

第一次勾你手，是2010的簡單生活節。
我們坐在華山大草坪等蘇打綠的表演。

音樂勾起我們，也勾起依偎。
演唱會讓兩個南北的靈魂相遇擁抱。

2015的冬天，
在蘇打綠小巨蛋演唱會上，
我們相惜地勾著彼此的手，
在音樂裡一起笑一起哭 一起感受愛。

我想以後的日子依舊，
依舊各自生活，依舊會把同一首歌聽哭，
在歌裡找到彼此。

我們故事未了。

※祝妳生日平安

生日平安。

哈哈哈哈

不祝妳快樂
快樂不快樂
我都會陪妳

2016夏
你送我一場安溥的表演當生日禮物。

曾經羨慕安溥和青峰的友情，
但現在慶幸眼前是你。

清楚彼此驕傲與脆弱，
也願意為了彼此的夏天努力，
不管是不是落魄的逃兵，
總願意無條件張開雙臂保護。

謝謝一直以來不論日子把我們
變成什麼模樣，
我們從來都沒有放棄過彼此。

因為知道值得這份美麗，無與倫比。

#下一個十年

我想要你下輩子,是我的

不懂

簡單說,下輩子
別無選擇,
你得愛我。

何需等到下輩子?
我愛妳,最珍貴的那種

坦承本來就不容易，情感尤其是。
愛從來就不分性向，也不分形式，
我們的情感毫無疑問，是愛。
這十年來所有的存在和扶持都是愛，
共同靈魂沒理由不相愛。

願你的愛能心之所向。
下一個十年，有我有你。
我永遠愛你。

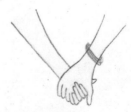

再喜歡
一個人

筆：PILOT cocoon M尖

勇氣

我不知道被討厭需要什麼勇氣,
也不知道討厭別人要不要勇氣。

我只知道我的勇氣少得可憐,
我只想把勇氣拿來喜歡自己,

喜歡你.

環保的人

希望你是環保的人。

帶隨行杯出門，不是為了飲料折扣；
準備環保提袋、耐用的便當餐盒，
想要重複使用，很久很久。

選擇合適的戀愛，不輕易放生、任意丟棄，
不造成情感汙染，愛護地球。
你我有責。

閨蜜

比愛我的他疼我，能感受最細膩的情緒；
比我更了解男生，我也比男生更懂你。

你知道我所有愛恨情仇的小秘密，
我也知道你櫃子裡說不出的秘密。

我們在彼此心裡堆放秘密，
釀成甜甘甘的蜜。
我們讓每次相知相惜的擁抱，
都像甘度剛好的姊妹下午茶。

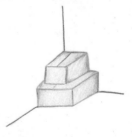

方向

「人群若有方向，總走向分離。」
　說出這句話的你，其實是比我悲觀的人吧。

不喜歡掛電話，所以就不接電話；
討厭散場後的空虛，就拒絕所有邀約。

害怕濃情愛戀的風險，所以，
你選擇不愛我。

「人最後都會走散的。」

我按圖索驥照著你的悲觀劇本，
最後成全了分離，甚至連告別都省略。
而現在，我想這樣告訴你：

「人群若總往分離的方向走去，
　願他們帶著不後悔的心。」

答錄機

「等你回家再說。」
下班第一件事是打給你，而你總是這樣說，
始終如一。

「可是我回家你就不聽我說了～」
不等你下一句，我就自顧地說起今天，
台北的天氣、難搞的客戶、瞌睡的同事……
知道你會靜靜聽，陪我回家。

我也會剛好，在轉開家鑰匙前，
把今天分享完，和你說拜拜。
點亮家裡的燈，逕自走向電話，
按下旁邊盒子上的按鈕。

「您有一通新留言：嘩——妳回家再說……」
那是我才剛分享完的今天，台北的天氣、
難搞的客戶、瞌睡的同事……

「看吧，回到家就只剩我自言自語了啊。」

不知道這個時代還有多少人在用答錄機，
但我知道，
我為了讓日子過下去，
寧願這樣騙自己，你沒有離開。

電話旁小盒子上，放了張你和我的黑白合照。

再喜歡一個人

願意嗎？再喜歡一個人。

再喜歡一個人，也不能沒有自己。
再喜歡一個人，也許會比你愛我。
再喜歡一個人，也都明白偶爾會被寂寞突襲。

學會把標點符號標上，
不讓自己為難了。

。 ?!

壞人

那些從一開始，就把自己說得很壞很壞的人，
是不是才是最怕受傷的。

先發制人告訴對方自己很壞，
再說服自己，自己真的很壞。

壞人是不會受傷的，壞人是會讓人傷心的；
壞人是不值得原諒的。

只是為什麼面對分離，我還是難過。

愛是你自己

希望你在愛裡，永遠是你自己。
不討好不吞忍不順從
不隨便把自己全盤奉獻。

痛的時候說痛，笑的時候不遮掩。
能張開雙手擁抱，也能捨得鬆手。

暢游在愛的海洋，會帶上救生圈，
記得更多的愛，是要留給自己。

相信愛的第一順位，
　永遠，是你自己。

沒關係

你不回，沒關係；
你不讀，沒關係；
你已讀，沒關係。

你怎樣我都沒關係，
你不想和我有關係，
那我常說的沒關係，
就會讓我們之間，沒有關係。

我用盡自己，你卻不痛不癢

走在你前面的是我，卻因你呼喚回頭，
停下腳步，甚至往回走到你身邊，
配合你的步伐往前。

知道因你停留的人不少，
你是塊太吸引人的磁鐵，
給的溫柔與曖昧太誘人，我也耽溺其中。

知道你不是我該愛的人，於是我用盡力氣，
逼自己離開，逼自己捨得放下。
很難、很痛。
但更傷的，是你不痛不癢，不會知道。

公平

以前，
我決定去哪，你決定吃什麼。
你說愛就是一人決定一個，很公平。

如今，分開是你擅自決定的，
那要不要再當回朋友，就由我決定。

很公平。

好好的

偶爾會想知道，現在的你有沒有好好的，
其實我也知道，不管你好不好，
我都不好。

雖然打從心底希望你能被日子善待，
但會氣自己和曾經到底在你生命裡憑什麼委屈，
而你怎麼還能好好的；
卻也擔心如果你真不好，
有誰會接住你的脆弱，給你懷抱，
陪你療傷。

我忘了的是，
離開了，心就該回到自己身上，
不管好或不好，都不再息息相關。

我那麼在意，也不再有意義。

關心

沒有人會吃飽沒事專門關心別人的。

沒有誰特別會體諒，
我們都有各自的脾氣和狀況。

那就不要說話了喂？
都只想對方主動體貼，
那是不是就不要說話算了。

怕打擾就都不要了，
不想相處就不要多講了，早點休息。

給關心不要不如關心。

無糖

會吵的孩子有糖吃，
但總怕自己成了那個無理取鬧。

只是如果開口，糖就是要來的，
真的甜嘛，就開心嘛。

多希望糖是你真心想給我的。

我知道有時不說，你其實不知道。
你甚至以為我變喝無糖茶，
所以就連情話，都喜歡無糖。

保存期限

沒有過保存期的食物，就不會壞掉嗎。
食物也真的會照著保存期的時間，
過了那一秒，馬上就壞了嗎。

那，愛有保存期限嗎。

愛在我們牽手時開封了一顆古甜的糖，
只知道製造日期，沒有保存說明和效期。

市面上糖的種類、口味那麼多，
你會被其他誘人的糖吸引嗎?
我們的糖，怎摩被淚滴弄溼了，
被螞蟻一點一點搬投走了 .....

你說膩了，不好吃了。
我們毫無預期，壞了。

抱抱我好嗎

可不可以抱抱我，不帶任何情慾的，
那種抱抱。

讓我知道，我還能感受溫度，我還能變好；
我還可以再相信一次，
再去相信世界良善的，
那種抱抱。

嘿，抱抱我好嗎？

怕受傷

你不要怕他受傷，
沒有人能永遠不受傷，和不傷害別人的。

我們能減少但不能，
完全避免。

你必須了解傷害，有時也來自愛他的人。

你也只是不愛了，就別再自責了好嗎？
每個人都該要有承擔傷害的能力。
一味的保護，就是害不是愛。

迷路的人

迷路的人，並不是沒有方向感，
只是常常不小心把自己搞丟。
沒事，那不要緊。

知道並不一定會有人來把自己找到，
所以早就不再期待擁有誰的擔心著急，
也不再努力看懂地圖與指南，
地圖
只是迷路而已。

多繞幾圈，終究能走出來。

如果走不出來，在迷途路上，也能好好的。

我記得你以前是愛我的

我想我是痊癒了，強壯了，才敢答應見你。

平日的cafe在很吵，
望著對座的你，只自顧說自己，
很陌生也無聊，我沒聽進半句。

於是偷偷把耳朵交給店內的音樂，
直到變圈的前奏一出，
克制不出髒話稱讚：

「幹這首真的好聽！」
「妳⋯⋯我記得妳以前不說髒話的。」
你滿臉驚訝。

「我也記得。」我微笑對上那雙已不愛的眼
「我記得你以前也是愛我的。」

準時

長大後明白了時間可貴.
你的時間，只想留給珍視的人.

那不代表要做什麼瘋狂的事，
你願意把時間給他，他就珍貴.
甚至只是一起吃飯，散步回家.

曾經，你也把時間給了很多人，等過很多人.
但那些人終究也是讓你等了，當他們往前，
就把你留在原地.

直到他催促你，叫你不要再等了，
現在已經不流行等待，請把握自己的時間。

等與被等之間，你以為，
你們有絕佳的默契；但你不知道，
他的準時，只是因為有心。

歌單

流行歌曲最有趣的是，
每一首歌都不能完全描繪你的遭遇，
但每一首歌都可以讓人投射大分量情緒認同。

——李維菁

有人說歌單就像日記，
從歌詞到歌名，連旋律都能讓你
寫入回憶。

我想知道你變聽什麼歌曲。
我想與你一起協作一份音樂清單，
放進我們喜歡的歌，
巧妙地用歌曲排序，寫封情書給你，
期待你發現，我的喜歡。

以前的男生
現在的女生

每個人都有自己的故事，
它發生在平凡無奇的日常裡，
也發生在那些悄悄置頂卻又移除的視窗。

許多人與我分享他們的故事，
提出對愛的疑問，但遺憾的是，
愛終究沒有標準答案。

和所有人一樣，面對愛的來去，
總是束手無策，只能聽命緣分。

我也會被愛傷害、被愛吞噬，明知道愛錯了人，
卻遮著眼以為假裝看不見，就還能愛下去；

會放不開、忘不掉，會懷疑愛的能力，
也見識過愛造成的災難。
然而時間不曾教會我們什麼，
它只是給我們極為寬容的緩衝去受傷、
去經過，然後在不知道重複第幾回的傷口裡明白；
不論傷是誰給的，
好起來終究是自己的事。
好起來，才值得下一份愛。

當我學會怎麼善待自己，就願意原諒那些過去，
願意把那些傷痕看成漂亮的紋路，
帶著它們重回愛裡闖蕩。

慶幸這個世界對愛的明朗，
從婚姻平權公投到748同婚專法，
慶幸我能親眼看見那些勇敢和掙扎，
都來自愛的韌性。
知道愛從來無關乎性向，
不是一條法律 甚至不是一張選票。

愛是心之所向，正如那些關於愛的故事，
是親情、是友情，是戀人，是自己、是妳、是你、
都可以，都無法替換掉愛的本質。

我愛過男生，也愛過女生。
想要告訴你和妳，在愛的光譜裡，
所有真心都該被祝福。
我們都一樣。

龐好

日子如光，
　　愛你如常　　旎好

Love goes on

國家圖書館出版品預行編目資料

日子如光,愛你如常/施好著 -- 初
版. -- 臺北市:皇冠文化出版有限
公司, 2021.04
　　面;　公分. -- (皇冠叢書;第
4928種)(有時;15)
ISBN 978-957-33-3698-3(平裝)

863.55　　　　　　110003748

作者 旋好 | NiHowfont |

那個字唸你，你好，旋好。
典型巨蟹座，目前八歲，持續發芽中。

喜歡唐老鴨和貓（視黛西為情敵）。
有著好客家精神的環保仔。

不專職寫字，但專心過日子。
不固定的字，寫每個值得的故事。

Facebook｜NiHowfont／旋好
Instagram｜nihowfont_

插畫家 雄拉

處女座A型，普通的上班族，偶爾為朋友畫圖。
目前沒有作品，但如果一直快樂地畫下去，總有一天會有的。

名家推薦

文字是神奇的產物，
讓人們聚合或分離，讓人感動或沉迷。
有人說文字可以代表一個人的特質與個性，
那是因為裡頭有情感、有旋律、有故事，才成了現在的我們。
我們的日子有文字，而你的文字裡頭有我。
旋好，你好。

——歌手・自由創作者 小球（莊鵑瑛）

「在滂沱的日子和你共撐一把傘，
亦用同一把傘在晴朗的日子替你遮陽。」
在愛裡面我們會經過很多人，我們也都曾經被時間沖散。
人之間的緣分，似花的開落、雲的聚散，
日子很平凡，但我們的愛閃閃發光。
旋好用簡單的文字寫愛，道盡一切珍貴的、遺憾的，還有那些在心裡翻湧
成浪的小事。但願每次提起心裡那個最柔軟的名字，我們總是能義無反顧
地向前。

——作家 手寫，才看見溫度｜阿丁

旎好的文字，濃淡相宜，篇幅適中，可以一天翻讀一篇，想像著每日醒來，都有一個人為你的生活留言，分享故事，雖不見他的身影，卻彷彿在心底刻畫痕跡，無須華麗絢爛的文法，足讓《日子如光，愛你如常》成為日常。

——作家 李豪

如果筆下的所有形狀都能夠像是自己的影子的話，那麼傷心的旎現在還在逃亡吧，還在試著練習著不委屈卻也得到幸福的模樣。

一筆一畫，寫下來的是日記、是過去、卻也是無法再觸及，
是名為心的東西。

——作家 彼岸的鹿

讀著讀著，會感到煦煦的溫暖，甜甜的浪漫，還有意思淡淡的感傷，然後浮現了對青春的思念。適合在生活裡的靜謐時光細細閱讀。

——作家 阿飛

如果你不知道如何精準的
保護被世界誤解的自己、代謝接不住別人的無力……
這裡每一段精準的溫柔與正確的冷漠，
都讓我們無法事不關己的獨自痛苦。
再一次反覆翻閱旎好的詩文，我們能再一次確認沒有被任何人丟下。

——守夜人團長・安眠巫師 秦旭章 WiFi

目錄

時差裡的晚安

有好有我才會是我們

我也以為我能接住妳

之前

相遇之前，我們在同一片天空下各自生活，
網路讓我們相識，才發現不遠的距離，
有個妳。

於是平行的生活交集。期待每天的問候，
每多一點的在意，都悄悄構築了喜歡的筆畫小。

要進一步嗎？要瞭解妳更多嗎？
妳也願意嗎？

妳也願意花時間在我的世界嗎？
而妳只是複製我的文字回貼給我，
少了問號，多了句號。

妳也願意。

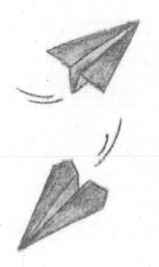

之後

相遇之後，小小的對話視窗裡，
我的早安混著妳的晚安，
每天重疊3幾秒又錯過就又過3一天。

早上通勤時我才能看著妳凌晨回的訊息，
更新妳的昨天。不同作息的我們，
多麼努力。妳笑著說在台灣也有時差。

欸，好想要和妳說晚安啊，
是說完我們就一起睡進夢裡的，那種晚安。

如果沒3網路，
我們是不是連晚安都會錯過。

一般人的晚安

在那個刻意和朋友混得很晚的星期五，
努力忽視睡意，只為了能秒讀妳的下則訊息。

「怎麼還沒睡？人在哪？怎麼了？」
看見妳的擔心我竟有一點點開心，
開心自己被妳在意。

「沒事沒事，我只是想，只是真的真的很想要
『一般人的晚安』嘛。」
手機螢幕突然亮起語音來電。
「真受不了妳，快去睡吧，晚安。」

妳讓我的房間裡有了月亮，
還撒了滿天的糖當成星星。

妳的聲音真好聽，晚安。

打卡鐘

工作狂如妳，說如果等不到準時的早安晚安，
那就改成打卡吧，上班下班的那種打卡。

我上班時妳可能才下班回家，
妳會跟我說完上班加油才去睡；
我下班是妳上班的中場休息，
在妳視窗裡打下班卡，
妳會問我晚上吃什麼今天累嗎。

妳說其他時間還是可以傳訊息，有空會看的，
只有打卡要準時，不然我會擔心妳是不是
睡過頭。

工作不許遲到，妳也不許遲到，
妳和工作一樣重要。

吃飯沒

妳最常問的不是「妳在幹嘛?」
而是「妳吃飯沒?」

吃飯很重要啊,妳說得理直氣壯。
比起其他的擔心,更想知道的是
妳有沒有好好吃飯,就算要開心難過,
也要吃飽才有力氣啊,對吧。

我說我不喜歡一個人吃飯。
妳說妳在手機裡陪我,所以晚餐要吃什麼?

那我們可以一起煩惱要吃什麼嗎?
這麼困難的問題,我每天都想和妳
一起解決。

好好說話太難了，那怕你是個聰明的人，偶爾也會說出口、説錯話、讓人難過。

我總覺得語言有種魔力，一樣的話語，從不同的人嘴裡説出來，給人的感覺就是不同。

情緒穩定的人不能只有好心情。

說出來的話語，也能左右人家的好心情。

還得說「好好說話」，卻沒有那麼容易，也可以説是藝術呢。

希望我的每個字句，讓不同心情的人，當個情緒穩定的人。

心藝口

親愛的

在某次聊天裡隨口叫了妳親愛的，
妳如常爽朗的應和，並無異樣。

我把喜歡揉進玩笑裡試探，
不想妳聽懂卻又希望妳懂。

誤以為是玩笑，就能無傷大雅帶過，
只是妳不知道，我是真的想這樣叫妳。

親愛的。

妳真的忙

妳真的忙，我早就知道了。

我知道的事情可多了，
我知道在哪個時間傳訊息妳會回，
因為妳真的忙。
我知道我們最多只有日常的關心，
因為妳真的忙。
我知道在我們前面的是工作和距離，
因為妳真的忙。

我也知道我找妳，
其實也不是什麼太重要的事，沒關係妳忙，
我真的都知道。

我只是好想妳了。

好多話想和妳說

想和妳說的事情很多，像是生活最小的事。

路上賣《大誌》的阿伯好久沒來了，
不知道是不是中暑了，7-11集點贈品好可愛，
要不要一起收集啊？
在美妝店猶豫好久的口紅顏色，
妳幫我選吧？

我想妳一定會覺得我的話很多，
因為我真的想和妳說很多的話。

妳知道嗎？
有人可以分享日常小事，是件很珍貴的事情。

為難

從來沒有問過妳，這樣的我，
是不是會讓妳為難？
硬擠入妳生活，
沒有拒絕的妳其實也沒說過要接受。

才發現替妳著想太多，只會困住自己，
困住了自己怎麼做都顯得刻意。

不想太多去喜歡了，
卻怎麼隱約感受到妳禮貌的距離。

我不想要妳為難，
我不要變成一個難題，
變成一個被妳跳過的話題。

選擇權

因為喜歡不是一個人努力就可以，
所以才這麼難。

我努力過了，所以，我把決定權給妳了。
妳握有走入我心裡的門票，
希望妳來，要走我也不強留。

親愛的，我找不到可以討厭妳的理由，
妳總是溫柔，於是我決定給妳自由來去的權力。

可是怎麼，妳就只是把門票收好。

等妳擁有勇氣

在勇敢踏出了99步之後，回頭看，
發現妳沒有跟來。
想要有妳有我的未來，只有我在前進。

妳仍站在原地，一如往常，
溫柔，且禮貌。不往前也不離開，
是不願意，還是害怕，妳沒有說，我不敢問。

我可以給妳勇氣啊，我可以我也願意的，
只要妳伸出手我就會奮力將妳拉進我懷裡。
我可以的，等妳擁有勇氣。

但妳只是站在原地，說
「早點睡，我不過去了。」

那就這樣吧

能感覺得到的。

正如人能感受到生命的盡頭，
我也能感覺到，我們的盡頭。

也許是時候該停了吧。
知道不會更好了，那就停在這，
停在還不算太差的時候。

曾經我們那麼美好，
我不想要它們爛掉。

不會有明天

喜歡很難控制，
但知道結局的人總是比較理智。

網路上的喜歡，在還沒觸碰到真實之前，
我都知道，不一定會有明天的。

設好停損點，給自己綁上救命繩；
理智地做好一切失去的準備之後，
若無其事地，用盡全力地，喜歡。

所以妳不會察覺我的傷心，
我們就算沒有明天，
明天依舊有妳，和喜歡過妳的我。

都是真的

我以為是我捨不得放妳自由，
但發現其實是妳也不想離開。

「我們不都花了時間住在彼此的世界裡不是嗎？」

只是妳我都心知肚明，
不適合的路我們不要走，
留下來的我們，會有怎樣的變數，
那都沒關係。

我知道妳知道，
曾經我們給彼此的在意，都是真的。

妳的城市

笑著說開後，又過了幾個春夏秋冬，
在某個假期決定去探訪妳的城市。

沒有事先知會，也沒有刻意避開，
只是想看看妳待的好天氣，
上下班途中經過的公園，
是不是坐在哪家店前的石階上抽菸回手機訊息。

地球小得讓我們又能錯過，
我仍舊沒見上妳一面。

而命運也選擇讓我們錯過，
讓我從妳的世界路過·短暫住過·最後錯過·
要我自己放過。

以浮雕刻之，猶如五官臉譜。
五官之五官。

韓 = KAWEO

網路交陪遊 一起交友

當一個放任交友軟體長草的妳，
遇到一個把同志交友軟體當新大陸探險的我。

我們用最古怪的問句搭上線，
聊著每種喜歡都沒有不一樣，
叮嚀彼此交友軟體危險要小心，
那天網路收訊特別好，
我們的緣分好像也特別好。

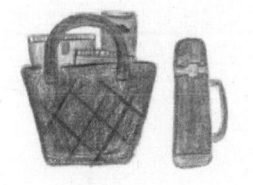

「所以，妳喜歡女生嗎？」

妳和旎✓

喜歡妳精確地把字用對，
那些在啊再啊應該因該；
是女生就該用女字旁的妳，
是這樣就不會打成醬。

妳還精確地用對，
每個曖昧的文字。
不動聲色地，把妳，換成旎。

「旎今天過得好嗎？」

幸好.

第一次見面的大安森林公園很涼，
我們沿著外圍散步，聊著路人，
聊著天南地北．
路燈不賞臉地壞了，
下意識拉著妳衣角走路．，
妳的手就順著衣角，滑進我的手心。

我們的手指也在這個微涼的夜色裡，
鑽進了彼此的指間．

社會不斷用背叛和失望，
逼著我們不得不學會把自己保護好，
畢竟櫃子外的世界是那麼容易受傷。

「妳也受過不少傷吧？
　沒事，我會把妳牽好。」

散步

科技和城市更迭得很快。

從走路速度生活步調流行話題到人與人
之間的交情來去快得連開始和結束用不
到一個標點符號就像一次呼吸。

妳說妳是被流行拋在後的人，
連意字都喜歡用鉛筆寫；
我說現在老派的浪漫正流行，
妳願意寫信給我嗎；
妳說工作節奏快得喘不過氣，
我說那生活就慢慢過吧。

妳喜歡散步嗎？
我們不去網美咖啡店排隊打卡，
我們去公園散步吧。
可以看到老人小孩，狗狗貓貓的鏟子，
太陽夕陽月亮星星，
有大草皮和很多樹的那種公園。

「長長的路上我想我們是朋友」
　—我突然哼起的歌。

「如果有期待我想最好是不說」
　—妳就順順地接著唱。

「不說嗎？我有點喜歡妳。」

何女孩子妥協

真心和相遇一樣難，對吧。

總會有那個人出現，
你會為了看她的笑容，
何全世界妥協。

「是施。」

抱

機車後座的我早就忘了當時的話題，
只知道說了喜歡抱抱，
就伸手輕抱了前座的妳。

紅火燈停，妳的雙手蓋上我環扣的手，
說妳也喜歡抱抱。

曖昧的語言說到這，突然像張考試卷，
而擁抱核對了我們對彼此的好感
是否一樣。

「那，妳是想抱人還是想抱我？」

手機密碼

讓妳進入我的日常，從最小的細節開始。
好比說，手機解鎖密碼。
這也是我一直都不用指紋解鎖的原因。

每次解鎖就能想到妳，
妳就像我還不能說出口的秘密。

後來有天，妳拿起我的手機說想看，
我說想看就自己解鎖吧。

第一次輸入錯誤後，
妳皺了皺眉，在第二次輸入解鎖後挑起。

「密碼怎麼不是妳生日而是我生日。」

喜歡

其實到現在還不確定，
自己是不是喜歡女生。
但現在，可以確定的是，我喜歡妳。

是超越朋友的喜歡。

妳說妳的答案是上面的一句話。
哪句話？

「我喜歡妳。」

先相愛再認識

認識多久才能在一起？
認識久在一起就比較好？

相愛前要具備多少的認識，
等認識夠了再相愛，還愛嗎？
那，多久算久？

妳的過去現在未來喜怒哀樂喜歡討厭，
習慣害怕我都想知道，
妳的一切多少都不嫌多，
多久都不算久，有妳有我的日子在過，
妳會慢慢告訴我。

「邊愛邊認識，越認識越愛。」

妳想保護我也想保護妳

那天我理直氣壯地跟妳說，
因為愛不分性別也都平等，
雖然我長頭髮妳短頭髮，
但我們有一樣的身體，有一樣的愛。

所以不用誰一定得堅強應該多些付出，
不需要扛下誰的天下有義務保護誰，
我也可以保護妳。

妳給我的那些喜歡和愛，
我也同樣想給妳。

「可是，我比妳想保護我更想保護妳。」

太幸福的惡夢

太安逸地以為不會有人和我搶妳，

而妳也會一直對我不厭。
直到夢裡的她出現，
措手不及地攻佔妳的心；
直到妳開始對我出現防備，
第天感讓我畏怕；而我竟沒有耳信，
能在妳心裡屹立不搖。

於是在妳還沒開口、在我們還次惡化之前，
互以為開氣，把妳讓出去了。

夢境的真實讓醒來後的不安感蔓延。

才知道我根本沒有那個勇氣骨氣賭氣，
把妳放開。妳說夢是現實的相反，
也許是越幸福，才越害怕失去。也許。

「妳如果沒有勇氣緊握，我也會把妳抓緊。」

一樣或互補

雖然我們有很多的一樣，
一樣的性別、一樣的愛、一樣笑點低.
一樣選擇善良。

而我們的不同，也巧妙地互補了對方.
妳補了我的不勇敢，我補了妳的急躁睥氣，
也互補了我們曾有的傷。

愛的無解難題：
「要找一樣的人愛，還是互補的人愛？」
我們是這道題目最恰好的解答。

「有妳、有我、有愛、就好。」

毛孩

妳是貓派還是狗派？
喜歡小貓還是大的，還牽時狗狗.

台北街頭偶爾會竄出幾隻毛小孩，
眼尖的妳總是比我先發現牠們。

看妳對牠們露出閃閃亮亮眼神，
到現在還會誤以為妳遇到同類。

妳無條件支持流浪義賣，
甚至常自掏腰包以著加入；
一起去過流浪動物餐廳，
離開時妳難過了好久好久。

靜靜地聽妳，還是做自己能做的最多，
說如果可以，妳想給牠們怎麼樣的家。

我想跟妳說，我很喜歡這樣善良的妳。

「帳單上說『你願意多捐1元救助流浪動物嗎？』
那我們兩個人，我要捐20元！」

爭吵的目的

把爭吵定義為堆滿情緒的激烈溝通。
因為急著想讓對方了解自己，
讓言語一不小心就擦槍走火。

但正在說話的人，耳朵是聽不到的啊。

相處總有意見分歧、頻率不對的時候，
也會因為芝麻小事，吵得一個生氣一個委屈，
情緒難免、爭吵難免，但要記得和好。

要明白爭吵時說的話，
雖然無心，但也是傷了對方；
記得爭吵的目的，是為了更好，
不是為了爭個輸贏。

有時低頭妥協、不繼續賭氣，
是因為愛和關係更重要，
當我給了和好的台階，
妳就負責給我和好的擁抱。

「妳還要生氣嗎～
　那可以先摸摸我的頭嗎？」

快樂食物

好討厭常帶東西出門，東西能少就少；
錢包放口袋，包包就不用帶。
但願意因為我環保，
陪我一起帶著環保杯環保餐具環保餐盒，
只為了去吃附近的小吃。

好說第一次帶這麼多餐具出門，
第一次吃飯沒有製造垃圾，
這種感覺滿不錯的。

我們口中的快樂食物不是昂貴的餐酒館
情侶必去咖啡店，只是帶著環保餐具，
下班後手牽手去吃御飯糰。

原本擔心造成店家困擾，卻意外被店員支持，
兩個人的環保力量或許不大，但是快樂。

「簡單就很快樂。」

風浪

愛把我們保護得太好，
雨來之前感受不到風；
沒有徵兆也沒有預告，
直到風浪席捲在眼前；
我們來不及逃跑，直接被捲入風雨中。

從沒想過，一直以來遮風避雨的港灣，
竟也會是起風下雨的源頭。

我們都知道愛沒有錯，但不知道為什麼，
有些愛放在一起，就有人受傷了，
指著說它錯了。

是哪裡錯，我不明白。

「施沒有錯，愛也沒有錯。」

破掉的愛

雨下太久，破掉的心，怎麼也修不好。
珍視從擁有心跳北前就存在的愛，
當它破了，我也被傷了。
兩顆受傷的心，怎麼好好的修補。

只是啊，
當我無法先修好自己破掉的心，
也就無法去修補另一顆破掉的心，家人。

從朋友到愛戀，雖然每個擔心關心
都是小小的力量，小小的日子，抵不過大大的傷。

「서랍마다 작은 비밀이 숨어 있었다。」

天黑

我的天空很黑很黑，很黑很黑，
媽媽都不快樂了我還可以快樂嗎？

當妳發現妳沒辦法給我所有的快樂能量，
於是妳開口問我，要不要去看醫生。

就醫的路很黑很黑，一個人走，看不見星星。

妳只說路上小心，沒說的是妳也著急、也難受，
沒說妳有多想陪在我身邊。
妳說我們有同一片很黑很黑的天空，
而我們要努力，亮起彩虹。

會好的嗎？
會好的。

「我也會怪自己沒辦法陪
妳去看醫生啊。」

有我在

時間真的會改變一切嗎？
時間會是傷心的解藥嗎？

我們都知道努力不代表結果，
但為了結果我們都必須要努力。

我以為時間可以承載我無法背負的傷心，
但走過的指針、
跳過的秒數為什麼帶不走痛，

也帶不走愛。

「沒事，我在。」

來日方長

面對滂沱大雨，
長大後學會不橫衝直撞，衝闖雨裡；
先找個地方躲雨，別淋濕別感冒，
才能有心力想辦法。

請務必照顧好愛、照顧好自己；
因為不知道這場雨，何時才能停。

但說好的，我們來日方長。

「我們用多一點點辛苦，來交換多一點點幸福。
　　　　　　　　　　　　　　　—孫燕姿」

逃

我落荒而逃了。
像隻在颱風雨裡瑟瑟發抖、狼狽的小狗。

妳沒有阻止、也沒有責備這樣的我。

妳替我找到安身之處，隨時備好擁抱給我，

讓我能逃進妳的懷裡，

讓我療傷也不斷叮嚀我堅強。

逃避不是不解決，

而是給自己時間空間去修復自己，

要好起來，再穩穩地回去修復另一顆心。

「嬤嬤一定很想妳。」

努力

家的關係要修，而不是放棄。

媽媽從小給妳這麼多愛，
把妳養得這麼可愛，就算表達錯方式，
成了傷害，但裡頭一定也有愛。

努力才有機會改變，
努力過才有資格接受，
接受結果的好壞。

「我也害怕啊，但不去做，
就沒有改變的可能。」

我回来了

不知道人的一生會擁有幾個家，
但我知道，總會有一個家有妳.

回家的時候，像不曾颳過風雨，
平靜的陰天，雲裡透著一點點暖心陽光.
面對眼前最初的愛，最愛的家，
我們都顯得格外小心，
怕再受傷，連表達愛也小心翼翼.

愛還在，不同於友情與情人，家的愛，還在。
生命裡有家、有愛的存在，教會我如何去愛。

「我回來了。」

心

心動不是愛情，心定才是愛情；
而心安，是家。

後來的我們，過了每個現在，和一起的未來，
不特別，卻因努力，讓現在的平凡更顯珍貴。

每個嬤嬤準備給我也給妤的水果盒，
沒說出口的愛，都藏在裡面，
穩穩地發芽，穩穩地茁壯。

「冰箱裡我爸切了酮瓜讓妤帶回去
跟嬤嬤一起吃。」

我們

再濃情的愛都會融在生活。

當什麼都褪去，剩下的是不膩的習慣。
雖然習慣不一定是愛，
但是愛裡一定有習慣。

喜歡妳不經思考地說我們，
那代表心裡有我有妳。

「我們是誰！」

高材生

我們常在討論時事或觀念時像高中生，
分組討論那種認真的高中生。

不得不承認，在有些開口問好的問題裡，
其實都偷偷預設好，我的滿分回答。

像猜字遊戲，說中的字才得分，
想著懂我的你應該、至少、會及格吧。

當然不是每次都心有靈犀，

意見不同時，我們不會急著反駁對方，

傾聽各自論點，討論抵觸，像大學申論題。

也不會要求彼此一定要認同自己的想法，

但其實，

妳常常都是會把我心裡的答案，

一字不漏地說出，是拿滿分的高材生。

「因為我和妳想得一樣呀。」

重要的字

重要的字，都很難寫。
筆劃很多，要仔細寫，所以重要。

像是謝謝、愛。

「還有祝。」

人生好難，我們簡單

大人總說人生好難、世界好複雜，
我想說

謝謝妳總願意陪我笑得像小孩。
一起把每個日子過得簡單。

幸運和好運

幸好，關於搭訕，我們都有奇怪怪。
幸好，對待彼此，我們都真心誠意。
幸好，遇到事情，我們的想法雷同。
幸好，想到未來，我們的方向一致。

堆積這些幸運好運，
你和我才會是我們。
無法預知最後結果
交給幸好之外的命運。

2017. 9. 10

「혼자, 잘 있어」

圖：J.C. studio 王乃斌

聲音

聲音比文字溫暖，
在這個文字訊息飛快的時代裡，
喜歡聽「妳慢慢說」。

我們在聲音裡萌芽喜歡，
每句問候都是曖昧的養分，
講了好幾次都捨不得掛斷的再見裡，
都有我們的在意。
聲音的溫度，
讓冰冷的手機在結束通話時，
也跟著我的心一起發熱。

只是，
後來的離散是讓我們都無法預期的。

因為忙碌，因為太熟，因為沒有話題……
我們不再講話了。
妳的聲音，忘記了，怎麼辦？

LOVE

重要

因為我很重要，所以妳不要了。

「妳很重要。」
還在身邊時，妳最常說這句話，
我也樂於把重要揉進心裡。

只是當妳選擇別人，一個妳曾說，
沒那麼重要的人；妳仍說我重要，
只是妳要不起。

妳很重要，和要不要妳，原來是兩件事。

放下

也只是累了追逐，一直往前跑的妳，
我再怎麼努力，也追不上。

我說想停下腳步休息，妳說好，
妳沒有停下，也沒有回頭看我，
就自己一個人往前，放下我了。

妳並沒有錯，妳也只是看我累，
就放下我了。

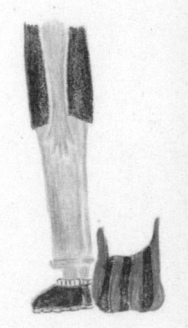

傷心的方式

那天，我們難得好好地說了很久的話，
決定了離開。不再爭吵，只有決定，
和釋懷的微笑。

經歷過年少的分手，
哭得死去活來，不斷責怪自己、
急著跳進下段戀情以為報復、
或卑微求挽回的日子。

學會了平靜的分開方式。

還是會傷心啊，
卻也捨不得再讓自己那麼傷心；
明白真的不愛，再抓也是徒勞。

終究是愛過的人，把妳還給妳，
我還給我，明天起，就算不再關心，
也要讓自己好得沒有關係。

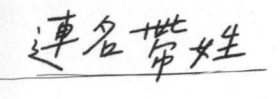

連名帶姓

越親近的人，都是叫本名的，像家人就是啊。

和妳一起的日子，我們沒有親暱的綽號，
只連名帶姓叫著彼此，那麼親兄，那麼家人。

直到妳手機鎖屏跳出一個過分舌甘膩的綽號，
一則一則的曖昧訊息，將我往上推，
我從最熟悉，變成最陌生。

後來我們沒有後來，也不再見面，
只是當聽到與妳同音的名字時，
我還是會想起妳，和我們。
也許回憶太固執，
畢竟曾以為有的家、
曾叫進心底的名字，
很難忘掉。

過客

知道有些人只是生命的過客，
能陪妳走的路可能很短很短。

也知道會留下的人就會留下，
要走的人強求也只會換來更多艱辛甚；
該珍惜的是留下來的人。

我都知道。

但我還是會難過，
只因為妳曾經來過，給過我滿夜星空，
也點亮我的日子過。

溫柔

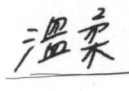

妳是溫柔的人嗎．
為了想成為那樣的人，妳用盡全力，
撐起堅強，其實好累了吧．

我也以為我能夠溫柔的，
我也以為我能夠接住妳的．

抱歉，當妳向我傾倒時，
我才發現溫柔好重．接不住妳，
讓我們都跌傷了；妳是那麼信任我的，
真的好抱歉啊．

我不小心讓我們摔碎，
受傷的溫柔四散一地．

視窗

寂寞太重，後來的她談了幾場網路戀愛，
知道在網路裡，曖昧的糖加多少都不會膩。

對方要多少糖，她就可以給多少，
甜甜的夜睡起來更安穩。

而她的生活如常，上班下班與朋友狂歡之，
視窗是另個世界，她總可以區分得很好。

把曖昧溶進每天的枝微末節；
貼心的問候漸漸變成習慣，
上班累嗎別太晚回家早點睡。

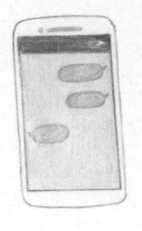

心動很快就風起雲湧，
她以為這就是愛情的模樣；
享受著卻罪惡這一切，因為，
她的視窗不只一個。

快站不穩時就把視窗關掉，
再換一個就好。

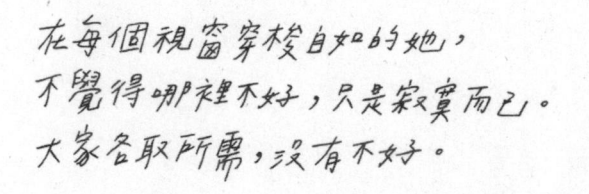

在每個視窗穿梭自如的她，
不覺得哪裡不好，只是寂寞而已。
大家各取所需，沒有不好。

我討厭妳們不在一起了，卻更天長地久

我討厭這樣。
我討厭妳們已經不在一起了，
卻還是朋友，而且是更像家人的，
那種朋友。

討厭妳們有我無法介入的過去，
還有我插不上嘴的共同話題。
討厭妳只叫我不要想太多，
要我別介意她的個性從以前就這樣。
討厭她釋出的善意落落大方，
甚至比我清楚妳的喜好與習慣。

討厭我的小心眼，懷疑自己在妳心上的分量，
討厭我一看到她，
就先討厭自己。我討厭這樣。

心之谷

嗨，谷底的妳，還好嗎。
沒關係，妳不用回答，我知道一定不好，
雖然妳看我的臉還硬撐著笑。

妳墜入了沒有人想待的心的谷底，
妳也很想出來，但傷口痛得讓妳動彈不得。

明白有時候
妳很想傷害自己卻又希望被誰拯救。
明白面對自己很難，心底的黑暗，
無法擺脫的恐懼夢魘，睜眼閉眼都在。

我真的都知道。

有時妳想孤軍奮戰，
或試著想與它們和平共處，
但如果妳想求救，請伸出手，
我會想盡辦法拉住妳。

妳要先伸出手，讓我知道，好嗎。

暖暖包

在能吐出白煙的冬天早晨，我想妳了。
妳捲著棉被睡在我的左側，
昨晚睡前提起的暖暖包話題，
讓我想起過去的我們。

我不是個愛用暖暖包的人，
那種溫溫的東西暖不了我，又不環保。
只是在書桌抽屜的收納箱，
有個歷經好幾次搬家都沒有被丟掉，
早就不熱的暖暖包。

那時我們還沒理清楚關係，
在太冷的冬天，
妳特地騎車來車站接我。
妳要我把手放進妳外套口袋，

發現妳放了暖暖包，我握了暖暖包，抱了妳。
在那個當下，我才覺得暖暖包暖。

把手伸進被窩，
妳的手就是我現在的暖暖包。

記得

謝謝妳記得，記得我說過的話；
記得我的小習慣，記得我的不喜歡。

每個人的腦容量有限，
謝謝妳撥了空間記得我。